The Caterpillar That Came to Church

La Oruga Que Fue a Misa

The Caterpillar That Came to Church

A Story of the Eucharist

La Oruga Que Fue a Misa

Un Cuento de la Eucaristía

Irene H. Hooker
Susan Andrews Brindle
Miriam Andrews Lademan

Spanish Translation by
Sister Jane Frances Houtman, D.H.S.
and
Luz María Jiménez de Martínez

Our Sunday Visitor Publishing Division
Our Sunday Visitor, Inc.
Huntington, Indiana 46750

Our Sunday Visitor Publishing Division
Our Sunday Visitor, Inc.
200 Noll Plaza
Huntington, Indiana 46750

ISBN: 0-87973-874-X (hardcover)
ISBN: 0-87973-875-8 (softcover)
LCCCN: 92-63219

PRINTED IN THE UNITED STATES OF AMERICA

Cover and text illustrations by the authors
Cover design by Rebecca J. Heaston

This book is lovingly dedicated to
Our Lady, Queen of Peace, the Mother of the Eucharist.
May all who read Mariana's adventures come to have a deeper sense of
Jesus' love through the sacraments.
— IRENE, MIRIAM, and SUSAN

Dedicamos este libro con amor a
Nuestra Señora, Reina de la Paz, y Madre de La Eucaristía.
Deseando que todo aquel que lea las aventuras de Mariana encuentre en
ellas el profundo amor que Jesús nos da a través de los sacramentos.
— IRENE, MIRIAM, y SUSAN

God's blessings and the peace of Our Heavenly Mother on all our readers.

Que la bendición de Dios y la paz de Nuestra Divina Señora
descienda sobre todos nuestros lectores.

It was a breezy spring day. The kind of day on which all God's creatures feel especially loved by Him. Up in a tree was Mariana, a little caterpillar munching away on leaves.

Era un día brisado de primavera, la clase de día en el cuál todas las criaturas de Dios se sienten especialmente amadas por El. Arriba de un árbol estaba Mariana, una pequeña oruga mascando hojas.

The breeze was soft and the leaves were tender and delicious. Mariana took another bite . . . lost her balance . . . and down she fell!!!

La brisa era suave y las hojas eran tiernas y deliciosas. Mariana al dar otra probadita . . . perdio el equilibrio . . . ¡¡¡y se cayó!!!

❧Just then an old woman was passing under the tree, heading for Sunday Mass. Luckily little Mariana landed right in her open handbag, breaking the little caterpillar's fall. Down deep in the bag, among all kinds of strange things, she fell. Mariana's long adventure and her struggle to escape was now beginning.

❧*Justo en ese momento, iba pasando una viejita debajo del árbol, con rumbo a la Misa Dominical. Afortunadamente la pequeña Mariana cayó en la bolsa de la viejita, que iba abierta, interrumpiendo asi su caida la pequeña oruga. La oruguita cayó dentro de la bolsa, muy al fondo, y se encontro en medio de toda clase de extrañas cosas. La gran aventura de Mariana y su esfuerzo por escapar estaba apenas comenzando.*

It was scary inside the handbag, and Mariana felt very alone. She began climbing over and under all kinds of stuff, then she saw something. The little caterpillar realized, joyfully, that she was not alone! . . . A familiar face! . . . "There's another caterpillar in here with me!" she thought gratefully. But as she reached out to hug the other caterpillar, she felt cold. Their noses must have touched, because she felt wet. No, it wasn't wet. It wasn't real. It was glass, a mirror. She was still alone.

Daba miedo dentro de la bolsa, y Mariana se sentía muy sola, así que comenzó a trepar por arriba y por abajo de todas las cosas. ¡De repente! vio algo que le causó mucha alegría, la pequeña oruga se dio cuenta que ¡no estaba sola! . . . ¡había una cara familiar! . . . "¡Hay otra oruga aquí conmigo!" pensó la pequeña Mariana con júbilo, pero al tratar de abrazar a la otra oruga, sintió algo frío, pensó que había tocado la nariz de la otra, pero no; no era una nariz, era sólo su cara reflejada en un espejo y nuevamente la pequeña oruga se sintío muy sola.

The little caterpillar stretched and climbed towards the top of the purse and the bright blue sky. Just as she reached the top, the bright blue sky disappeared. It was the church! She was inside! Ahh, Mariana looked and saw the front door! "If I can only reach the door," she thought, "I'll be free . . . and I can scurry home back to my tree and blue sky!"

La oruguita se estiró y empezó a trepar hacia lo alto de la bolsa desde donde se veía un brillante cielo azul. Justo en el momento en que llegó arriba, el cielo azul desapareció. Estaba dentro de la iglesia. Mariana voltió y miró hacia la puerta. "Ay, si tan sólo pudiera llegar a la puerta" — pensaba —, "¡estaría libre . . . y podría huir de regreso a casa, a mi árbol y cielo azul!"

✤ Over the top of the bag the little caterpillar climbed. Down the side, then *kerplunk* onto the pew below. Oh, such a feeling of relief! She was free from the bag at last! She was finally safe! But as Mariana started across the pew, something terrible happened! The old woman sat down. Right on top of her!

✤ *Así que subió a lo alto de la bolsa y empezó a bajar por un lado. De repente . . . ¡¡¡CUAZ!!! se cayó sobre la banca. ¡Oh, que alivio! ¡Por fin estoy libre! ¡Al fin estoy a salvo! — pensaba muy contenta la oruguita —, pero al empezar Mariana a cruzar la banca, ¡algo terrible pasó! La viejita se sentó y no se dio cuenta que estaba sentada encima de la pequeña oruga.*

Ohhh, such pain! The sweat poured down little Mariana's face and her eyes bulged. "Oh," she prayed, "please, help me." The little caterpillar continued, "Please stand up and get off of me. I'm smushed!"

¡Ay, que dolor! La frente de la pequeña Mariana se llenó de sudor y sus ojos estaban abiertos como platillos. "Ay", rezaba, "por favor, ayúdeme". "Por favor, levántese de mí, ¡me está aplaztándo!"

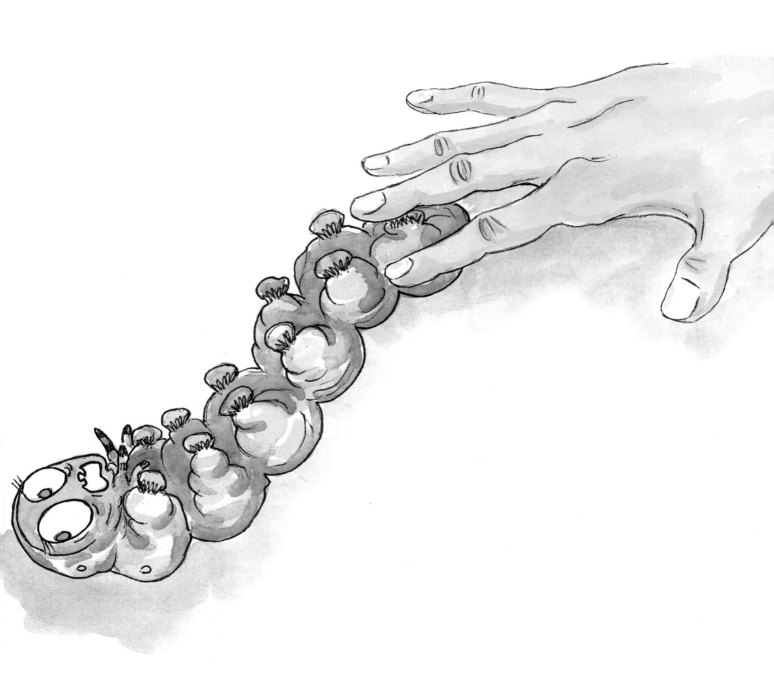

Finally the old woman stood up. "Ahhh," little Mariana breathed heavily with great relief, "now head for the door!" Mariana started her journey again across the pew. The caterpillar noticed the old woman was looking at her. "Oh, no!" Down came the old lady's hand, and she pushed Mariana off the pew. Down Mariana fell! "Oh, no!" Fear gripped her! "I'll hit the hard floor!"

¡Por fin! la viejita se paró. "¡Ahhh!" suspiró la pequeña Mariana con gran alivio, "¡Ahora a la puerta!" Mariana empezó su viaje de nuevo, pero en eso, la viejita la vio y la tiró de la banca, ¡El miedo la sobrecogió! y pensó, "¡Me estrellaré contra el piso!"

Luckily she landed on the kneeler. Mariana sighed a sigh of relief. "Well, maybe it will be safe down here." She rested a moment, breathing easier. "I will rest, then will start my journey again."

Por suerte, cayó sobre el reclinatorio. Con un suspiro de alivio, Mariana se dijo: "Bueno, creo que estaré a salvo aquí abajo". Se tranquilizó por un momento y respiró tranquila. "Descansaré y luego comenzaré mi viaje otra vez".

As Mariana was resting she felt someone looking at her. Yes, as she turned, there were children smiling at her: two little boys, who looked a bit mischievous. Fear gripped her again. "Oh, no! Small people! They're not going to touch me, are they? They may hurt me! They may smush me!" Just then the older of the two boys tugged at her, trying to pull her off the kneeler. Mariana, hanging on for dear life, gripped the kneeler with all her feet. "If only I could stay here on this soft cushion," she cried.

Mientras descansaba, Mariana sintió que alguien la estaba mirando. Sí, al voltear vio a unos niños que le estaban sonriendo, dos niñitos que parecían traviesos. El miedo la sobrecogió de nuevo. "¡Oh, no! ¡Gente pequeña! ¿No iran a tocarme, o si? ¡Podrían lastimarme! ¡Podrían aplaztarme!" En eso, el niñito más grande la jaló, tratando de quitarla del reclinatorio; pero, Mariana se agarraba fuertemente con todas sus patitas. "¡Ay, ojalá pueda quedarme aquí sobre este suave cojín!", decía.

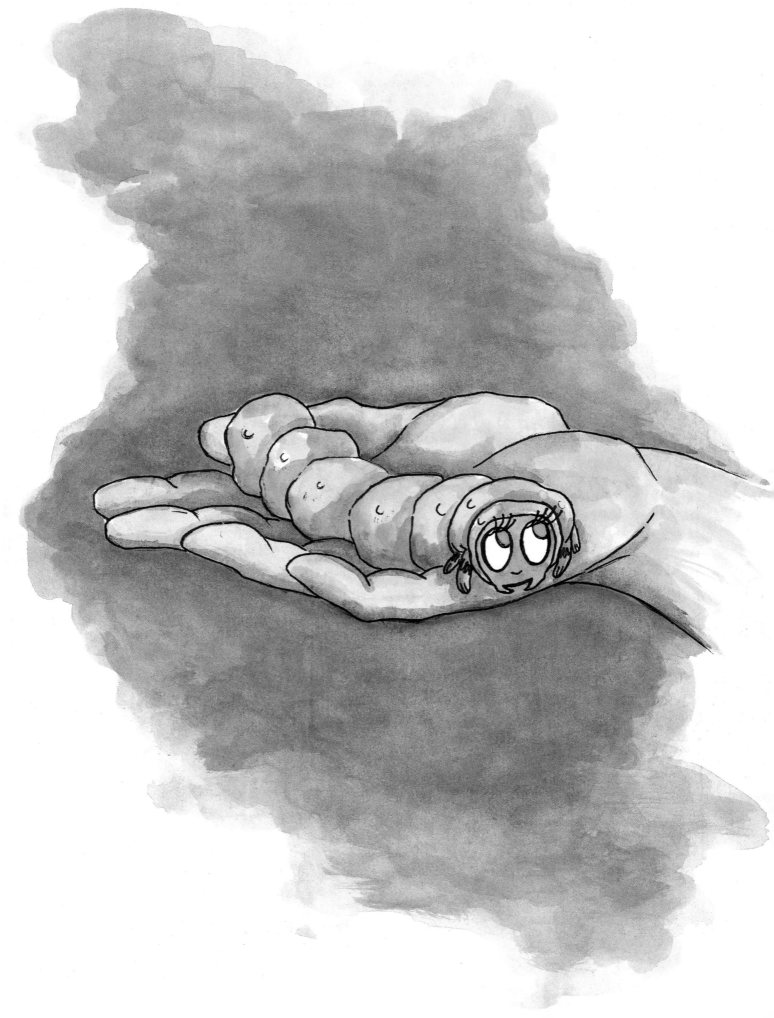

Then she heard a whisper. It was a gentle voice. It was a lady, and down came her hand to rescue little Mariana. "Children," she said, "pay attention to the Mass."

De repente, escuchó un susurro, era la voz suave de una señora, la cual bajó su mano y rescató a la pequeña Mariana. "Niños", les dijo, "¡póngan atención a la Misa!"

Then the mother told the children, "Don't play with the caterpillar. I'll put it on top of the pew and then after Mass you can take it outside and let it go." Little Mariana was still afraid.

"No jueguen con la oruga. La voy a poner aquí arriba de la banca y después de Misa podrán llevarla afuera y dejarla ir". A pesar de que la pequeña Mariana estaba a salvo aún tenía mucho miedo.

Mariana looked around and got her bearings, trying to locate the front door again. Eager to stay out of the clutches of those two little boys, she raced with all her might across the top, to the end of the pew. As she was running she saw something . . . to her side.

Mariana miraba a su alrededor y trataba de localizar la puerta otra vez. Estaba ansiosa de alejarse del alcance de aquellos dos niñitos, corrió apresuradamente por el respaldo de la banca, pero, cuando iba corriendo, vio algo a un lado. . . .

She stopped . . . and for the first time Mariana noticed the altar. She noticed the priest, but most of all she noticed the crucifix over the beautiful gold box on the back altar. Caterpillars, like all animals, had heard stories of Jesus . . . God's Son coming to earth and dying on the cross for humankind, so that men and women can go to heaven. But she had never seen a picture of Him. She had never seen a statue of Him. She had only heard stories, through the little creatures of the forest . . . beautiful but sad stories of what happened to Jesus when He was on earth. What people had done to Him.

As she looked at the statue of Jesus on the cross, her little heart became so full of grief and remorse, and so full of love for Jesus, that tears came to her eyes and she began to cry. The statue of Jesus was so beautiful that Mariana began to think her little heart would break.

As she was crying, the room became brighter and brighter. So bright that she had to close her eyes and bow her head.

Y se detuvo . . . por primera vez Mariana vio el altar. Se fijó en el sacerdote, pero más que nada puso atención en el crucifijo que estaba sobre una hermosa caja dorada atrás del altar. La oruga como todos los animales había escuchado historias acerca de Jesús . . . el Hijo de Dios que vino a la tierra y murió en la cruz para salvar a toda la humanidad, — de esa manera hombres y mujeres pueden ir al cielo — pero nunca había visto un retrato de él, ni tampoco había visto una estatua o imagen de Jesús. Sólo había oído historias, a través de las criaturas del bosque . . . historias hermosas, pero tristes, acerca de lo que pasó a Jesús cuando estaba aquí en la tierra, y de lo que la gente le hizo.

Cuando miró la imagen de Jesús en la cruz, su corazoncito se llenó de dolor y remordimiento, pero al mismo tiempo, de un gran amor hacia Jesús. Sus ojos se le llenaron de lágrimas y empezó a llorar. La imagen de Jesús era tan hermosa que Mariana creía que su corazoncito se le rompería de la emoción.

Mientras lloraba, el santuario empezó a iluminarse más y más. Tanto era el resplandor, que tuvo que cerrar sus ojos e inclinar la cabeza.

Mariana could not imagine what was happening. As the light grew brighter she could feel its warmth all around her, surrounding her. Mariana just had to peek! Slowly, but carefully, she opened her big caterpillar eyes. A little at first, but to her amazement she stretched them wide, because up on the altar where the stone crucifix had hung was the dear Lord Jesus. He was real and He was alive, and He was looking at her!

Mariana turned and looked around. She looked at everyone, but no one seemed to notice Jesus on the cross. Some children were still fidgeting, others were praying, but no one saw what was happening.

She turned back around and Jesus was still there looking at her! Yes, it was little Mariana that dear Jesus was looking at! He smiled at her and she began to cry even more. The tears flowed and she began to whisper, "I love You, Jesus! I love You, dear Jesus!" There was such a lump in her throat that Mariana could barely get out the words. "I love You, Jesus," she wanted to scream, but her voice wasn't strong enough. "I love You, dear Jesus," she whispered.

Mariana no podía imaginar lo que estaba pasando. Mientras la luz se hacía cada vez más radiante, sentía calor a su alrededor, un calor que la rodeaba. Mariana quería mirar; así que, lentamente y con mucho cuidado abrió sus grandes ojos, al principio un poquito. Pero su asombro fue tal que los abrió lo más grande que pudo, porque arriba sobre el altar donde el crucifijo de piedra colgaba, estaba ahora Nuestro Querido Señor Jesús, ¡era real, estaba vivo, y la miraba!

Mariana voltió y miró a su alrededor, miró a todos, pero parecía que nadie se daba cuenta que Jesús estaba allí en la cruz. Algunos niños estaban inquietos, otros rezaban, pero nadie veía lo que estaba pasando.

Volvió sus ojos de nuevo hacia Jesús, que todavía la estaba mirándo. ¡Sí, era a la pequeña Mariana a quien nuestro querido Jesús estaba mirándo! Jesús le sonrió y ella lloró aún más. Las lágrimas brotaban de los ojos de la pequeña Mariana mientras susurraba: "¡Te quiero, Jesús! ¡Te quiero, mi querido Jesús!" Pero parecía como si tuviera un nudo en la garganta porque apenas si podía pronunciar, "Te quiero, Jesús". Ella deseaba gritar pero su voz no era lo bastante fuerte, y tan sólo susurraba, "Te quiero, mi querido Jesús".

❦ As Mariana was saying "I love You," Jesus came down from the cross, came over to the little caterpillar, and picked her up and brought her close to His face. Jesus said gently, "I love you too, little Mariana," then He smiled at her.

❦ *Mientras Mariana decía "te quiero", Jesús bajó de la cruz y fue directo hacia ella, la levantó y la acercó a su cara. Jesús entonces, le dijo dulcemente: "Yo también te quiero, Marianita", y le sonrió.*

🌿 Jesus brought her to the altar, where the priest was holding up the chalice. Mariana watched silently with Jesus.

🌿 *Jesús la llevó al altar donde el sacerdote estaba levantando el cáliz. Mariana observó silenciosamente junto con Jesús.*

❧ Only Jesus and Mariana could see the angels all around the altar, praising, praying, and singing to God. The little caterpillar was in the palm of Our Lord's hand. Oh, such joy! The priest held up the host and, looking at the host, said the words, "Take this, all of you, and eat it: THIS IS MY BODY. . ." and all was still. This is the consecration of the Mass. The special moment of the celebration when the priest, who represents Jesus at Mass, holds up and offers Jesus Himself to God, the Father in heaven, as the supreme sacrifice.

❧ *Sólo Jesús y Mariana podían ver los ángeles alrededor del altar, alabando, orando y cantando a Dios. Mientras la pequeña oruga estaba en la palma de la mano de Nuestro Señor, sentía mucho regocijo. Entonces el sacerdote levantó la hostia y mirándola dijo estas palabras: "Tomad y comed, todos de él: ESTE ES MI CUERPO. . ." y todo quedó en silencio — Esta es la consagración de la Misa, el momento especial de la celebración en la que el sacerdote, quien representa a Jesús en la Misa, se levanta y se ofrece como lo hizo el mismo Jesús a Dios Padre en el cielo como sacrificio supremo —.*

Then the host was transformed into Jesus Himself. Mariana was overjoyed because she realized that there in the host was her Lord, her God, her Jesus, God and man together! Jesus the God-Man. There, in the chalice, Jesus was also, where the drops of blood fell into the chalice from His precious brow. Mariana realized that when the consecration is completed at every Mass, Our Lord is there, really and truly present on the altar. She saw the angels of those people who were truly praying lift their intentions to Jesus.

Entonces, la hostia se transformó en el mismo Jesús. Mariana estaba llena de júbilo porque se dio cuenta que ahí en la hostia estaba su Señor, su Dios, su Jesús, ¡Dios y Hombre al mismo tiempo! y allí también en el cáliz estaba Jesús, pues gotas de sangre de su preciosa frente cayeron dentro del cáliz. Mariana se dio cuenta que cuando la consagración termina en cada Misa, nuestro Señor queda allí, real y verdaderamente presente en el altar. También, vio los ángeles de aquellas personas que estaban verdaderamente orando y elevando sus intenciones a Jesús.

❦ The prayers went on, and the people began to come up to receive and become one with Jesus in Holy Communion. It was truly beautiful. Mariana was busily nuzzling Our Lord's palm and kissing Him. She wanted to kiss the wound in His hand made by the nails. Our Lord brought His wounded hand up to her face and she kissed Him and her little tears flowed freely. She nuzzled in His palm and her tears bathed His wound.

❦ *Las oraciones continuaron, y la gente comenzó a acercarse para recibir a Jesús y para llegar a ser uno con El en la Sagrada Comunión. Era verdaderamente hermoso. Mariana mientras tanto, estaba ocupada besando la palma de la mano de Nuestro Señor. Quería besar la llaga hecha por los clavos en la mano de Jesús, así que Nuestro Señor puso su mano herida más cerca de la cara de Mariana y ella la besó; al mismo tiempo sus pequeñas lágrimas brotaban libremente bañando la herida, y se acurrucó en la palma de la mano de Jesús.*

Little Mariana looked up tenderly at Our Lord. She bowed low and thanked dear Jesus for letting her see Him in the Eucharist. For making her see that it really was Jesus in Holy Communion that the people and the children had received. Jesus had given Himself to humankind in the Eucharist. Mariana looked adoringly up to Him and thanked Him.

La pequeña Mariana miró tiernamente a Nuestro Señor e hizo una reverencia agradeciendo a Jesús el haberle permitido verlo en la Eucaristía. También agradeció el haberle hecho comprender que El realmente estaba en la Sagrada Comunión y que la gente y los niños lo habían recibido también, pues Jesús se había dado a sí mismo en la Eucaristía a la humanidad. Mariana lo miró con adoración y le dio las gracias.

Jesus brought little Mariana close to His face, then He kissed the caterpillar and said, "I love you." As He gently brought her down, the little caterpillar felt a flutter of love run through her little body and the rush of life burst inside of her to be free. She thought, "If only I could fly up and kiss Him and give Him my love."

Jesús acercó la pequeña oruga a su cara, luego la besó y le dijo: "Te quiero". Mientras la bajaba cuidadosamente, la pequeña oruga sintió un gozo de amor tan grande correr dentro de ella, y una corriente de vida estalló dentro de su cuerpo como buscando libertad. Ella pensó, "¡Ah! si tan sólo pudiera volar, besarlo y darle mi amor".

As her heart began to throb, it was as if her whole body burst open into a new life, totally possessed and engulfed by dear Jesus. Mariana thought, "I'm a new caterpillar, and I'll never be the same. I belong to Him and He is mine." They gazed into each other's eyes in the warmth of their love. The little caterpillar was suddenly startled by it all . . . she felt different . . . but what was different? Was it the excitement? The little caterpillar knew something was different in every part of her body and her being. Mariana felt it. But what was it? What had happened? Then she saw her reflection in the eyes of dear Jesus. She saw her face . . . full of beauty . . . but no, how could this be? She stretched, and as she stretched, even more beauty unfolded. What is it? It is so beautiful! The colors came alive. "Is it really me?" she whispered. Jesus smiled because He knew she was now a butterfly. Her heart was racing so fast. Jesus had changed her and she would never be the same.

Su corazón empezó a palpitar con fuerza y sintió que su cuerpo estallaba a una nueva vida, totalmente transformada y poseída por Jesús. Mariana pensó, "Ahora soy una nueva oruga y nunca más volveré a ser la misma porque pertenezco a El, y El es mío". Uno a otro se miraron con ternura y amor. La pequeña oruga de repente se sobresaltó . . . se sentía diferente . . . pero, "¿Qué era diferente? ¿Será la emoción?" pensó, . . . la pequeña oruga sabía que había algo diferente en cada parte de su cuerpo y de su ser. Mariana podía sentirlo, pero ¿qué era? ¿qué había pasado? . . . entonces miró su reflejo en los ojos de Jesús, miró su cara . . . lucía muy bella . . . ¡pero nó! ¿cómo podía ser eso posible? ¡se estiró y mientras más y más se estiraba, más hermosa se volvía! "¡Qué es ésto! ¡Esto es demasiado hermoso!" Los colores se hacían cada vez más y más vivos. "¿Soy realmente yo?" susurró. Jesús sonrió, porque sabía que ella era ahora una mariposa. El corazón de Mariana latía muy rápido. Jesús la había cambiado y sabía que nunca más volvería a ser la misma.

❧ Jesus told little Mariana that they would never be apart, that they would always be together. Every longing that she had would be filled by His love. "Always come to Me in love," whispered Jesus humbly, "so I can live in you. Everything is possible through love."

❧ *Jesús le dijo a Mariana que nunca se separarían, que siempre estarían juntos. Y que cada anhelo que ella tuviera sería llenado por su amor. "Siempre ven a mí con amor", susurro Jesús humildemente, "así podré yo vivir en tí, ya que todo es posible a través del amor".*

Little Mariana told Jesus, "I will never leave You. I will always stay here in Your house. I will show children what You did to a lowly caterpillar and maybe they too will see You in the Eucharist." Then Our Lord kissed her good-bye and she understood that God made her a beautiful butterfly. As His hand disappeared from underneath her, her beautiful wings, full of wonderful colors, began to flutter and kept her afloat in the air, moving gently from the breath of Our Lord. He was gone, but the little butterfly knew that He was there in the tabernacle.

La pequeña Mariana dijo a Jesús, "No te dejaré nunca. Estaré en tu casa. Les mostraré a los niños lo que hiciste a una insignificante oruga y tal vez ellos también te podrán ver en la Eucaristía". Nuestro Señor la besó y se despidió. Ella comprendió entonces que Dios la había transformado en una bella mariposa. Cuando la mano divina desapareció debajo de ella, sus hermosas alas llenas de maravillosos colores empezaron a aletear y la mantuvieron flotando en el aire moviéndose cuidadosamente con el soplo de Nuestro Señor. El se había ido pero la pequeña mariposa sabía que El estaba aún allí en el tabernáculo.

She raced and flew around, over and behind the tabernacle. She rushed out of the sanctuary into the church and tried to tell the children, the grown-ups, and the priest, but no one was paying attention. Suddenly, as the priest knelt in adoration, the little butterfly realized that all she needed to do was to stay and love Our Lord. Jesus would take care of all the children and all the people because His love was for everyone, and the little butterfly was at peace.

Mariana flew back to the cross. She wanted to stay there on the shoulder of Our Lord, even though it was just a marble statue. It didn't resemble Our Lord anymore. How could it? It was man's reminder and they had carved it out of stone and love.

She now came to rest on Jesus' shoulder, overlooking His sacred dwelling. Mariana could look down and adore her Jesus in the tabernacle, and the little butterfly knew . . . THERE WAS NO GREATER LOVE.

Voló rápidamente alrededor, arriba y atrás del tabernáculo y salió del santuario de la iglesia. Trató de contar a los niños, a los adultos, y al sacerdote lo que había pasado, pero nadie le hacía caso. ¡De repente!, mientras el sacerdote se arrodillaba en adoración, la pequeña mariposa se dio cuenta que lo único que necesitaba hacer, era permanecer en el amor de Nuestro Señor, ya que El se preocuparía por todos los niños y por toda la gente, — pues el amor de Jesús es para todos — de esta forma la pequeña mariposa se quedó tranquila.

Mariana voló de regreso a la cruz, quería permanecer allí sobre el hombro de la imagen de Nuestro Señor, aún sabiendo que era sólo una estatua de mármol que tal vez no se parecía del todo a Nuestro Señor; pero concluyó que ese era simplemente el recuerdo que los hombres tienen de Jesús, hecho en piedra con amor.

Y así Mariana se quedó descansando sobre el hombro de la imagen de Jesús, mirando la sagrada morada de su Señor. Mariana podía ahora mirar abajo y adorar a Jesús en el tabernáculo. Ahora, la pequeña mariposa sabía . . . QUE NO HAY AMOR MÁS GRANDE.

The Mass was over and the children searched for the little caterpillar. They could not find her. One of the children noticed the beautiful butterfly on the crucifix. His mother knew that it couldn't be the little caterpillar, for it takes a long time for a caterpillar to become a butterfly. She just smiled when the children insisted that it was their caterpillar turned into a butterfly.

Mariana lived atop the statue of Jesus over the beautiful tabernacle where Jesus in the Eucharist lived. Mariana waited for the next Mass when she again could be present at Jesus' redemptive act for humankind.

La Misa terminó y los niños buscaron a la pequeña oruga. No la podían encontrar, uno de los niños miró a la bella mariposa sobre el crucifijo. Su madre sabía que no podía ser la misma oruga, porque el cambio de oruga a mariposa requiere de mucho tiempo; y sólo se sonrió cuando los niños insistieron en que la mariposa era su oruga que se había transformado.

Desde ese momento Mariana vivió encima de la imagen de Jesús sobre el hermoso tabernáculo, donde Jesús en la Eucaristía está presente. Y así, día con día, Mariana espera la siguiente Misa en la cual estará otra vez presente en el acto redentivo de Jesús por la humanidad.

Glossary / *Glosario*

Altar: Table on which the sacrifice of the Mass is offered.

Altar: Mesa en la cual se ofrece el sacrificio de la Misa.

Blessed Sacrament: The Eucharist, one of the seven sacraments instituted by Christ to be received by the faithful. The Eucharist is to be adored before, during, and after reception.

Santísimo Sacramento: La Eucaristía, uno de los siete sacramentos instituídos por Cristo para ser recibidos por los feligreses. La Eucaristía puede ser adorada antes, durante, y después del culto.

Chalice: The cup-shaped vessel used at Mass to contain the Precious Blood of Christ.

Cáliz: La vasija en forma de copa usada en la Misa y que contiene la Sangre Preciosa de Cristo.

Host: The consecrated Bread of the Eucharist considered as the sacrifice of the body of Christ.

Hostia: Pan consagrado de la Eucaristía considerado como el sacrificio del cuerpo de Cristo.

Mass: The Sacrifice of the Eucharist is the central act of worship. (The Council of Trent defines the Mass as: "The same Christ who offered

Himself once in a bloody manner on the altar of the cross is present and offered in an unbloody manner.")

Misa: *Sacrificio de la Eucaristía como el acto central del culto. (El Concilio de Trento define a la Misa como: "El mismo Cristo que una vez se ofreció a sí mismo de una manera sangrienta sobre el altar por la cruz y que ahora está presente de una manera no sangrienta.")*

Jesus' Redemptive Act for Humankind: Christ won for the world all the graces it needs for salvation and sanctification at Calvary. All of humanity was held captive by the sin of Adam and Eve and became bound by divine justice to make payment. Jesus' Passion is called humanity's redemption.

Acto Redentivo de Jesús para la Humanidad: *Cristo en el calvario, ganó para el mundo todas las gracias necesarias para la salvación y la santificación. Pues toda la humanidad estaba condenada por el pecado de Adán y Eva y era necesario, por justicia divina, pagar. De esta forma la Pasión de Jesús fue el pago, la redención o el rescate que ganó la libertad de la humanidad de sus propias obligaciones, pues Jesús se dio a sí mismo. Por eso, es que llamamos a su Pasión la redención de la humanidad.*

Sanctuary: The part of the church containing the altar.

Santuario: *Parte de la iglesia que contiene el altar.*

Tabernacle: A boxlike receptacle for the exclusive reservation of the Blessed Sacrament.

Tabernáculo: *Caja a manera de receptáculo para la reservada exclusión del Santísimo Sacramento.*

Follow the adventures of Mariana as she learns the healing love of forgiveness. Discover the excitement of her new friendships as she spreads the good news of Jesus' love and mercy.

Meet the mice orphans Garrett, Fletcher, Edgar, Daisy, Nora, and the little twins Lionel and Claudia. Sing the praises of Jesus along with Orin the resident church cricket, who lives in the old pipe organ, and his friends Hespar and Ina the spiders.

Can Mariana convince the church watchdog, Howard T. Dog, that love conquers all? He does daily battle with El Gato the Terrible and frightens poor Violet. Read as these mismatched church residents change and open themselves to the spiritual gifts and become a strong community.

(Note: Publishing dates have not been determined at this time.)

Sigan las aventuras de Mariana mientras ella aprende que el amor nos sana y puede perdonar. Descubrirán lo emocionante de sus nuevas amistades y como ella difunde el evangelio del amor y la misericordia de Jesús.

Conocerán a los ratoncitos huérfanos: Garrett, Fletcher, Edgar, Daisy, Nora, y a los gemelitos Lionel y Claudia. Además podrán cantar las alabanzas a Jesús junto con Orin, el grillo residente de la iglesia que vive dentro de un tubo del órgano, y también conocerán a sus amigas Hespar e Ina las arañas.

¿Podrá Mariana convencer a Howard T. Dog, el perro que cuida la iglesia, de que el amor conquista todo? Pues él siempre pelea con el Gato "El Terrible" y espanta a la pobre Violet. Leerán además cómo estos incompatibles residentes de la iglesia cambian y aceptan ellos mismos los dones espirituales y se convierten, llegando a formar así una nueva y fuerte comunidad.

(Nota: Fechas de publicación aún no han sido de determinadas.)